21 22 23 24

EL PRÍNCIPE NO DUERME

A Stephanie y a su príncipe azul, David.
¡Feliz vigésimo aniversario! Los quiero, mamá — J. O.

Dedicado con todo mi amor a Seb,
mi adorable marido — M. L.

Barefoot Books
2067 Massachusetts Ave
Cambridge, MA 02140

La composición tipográfica de este
libro se realizó en Fontesque Bold
24 en 33 puntos

Las ilustraciones se crearon
con acrílicos y un collage de papel

Diseño gráfico de Judy Linard, Londres, RU
Separación de colores por B&P International, Hong Kong
Impreso en China en papel 100 por ciento libre de ácido

Edición en español ISBN 978-1-78285-077-9

Información de la catalogación de la Biblioteca del Congreso
se encuentra en LCCN 2013031140

Traducido por Alberto Jiménez Rioja

1 3 5 7 9 8 6 4 2

EL PRÍNCIPE NO DUERME

Escrito por
Joanne Oppenheim

Ilustrado por
Miriam Latimer

Barefoot Books
step inside a story

En un reino remoto, hace ya mucho tiempo,
al príncipe dormirse le importaba un pimiento.

Su madre, la reina, acudió enseguida;
galletas y leche los sirvientes traían.

Aunque todos se afanaban para que se durmiera,
el niño estos desvelos tomaba a la ligera.

—Así no seguiremos —afirmó el rey severo—.
Hace falta curarlo, no me importa el dinero.

Por ello un regio edicto proclamó al día siguiente
para que se enterara muy bien toda la gente.

SI ALGUIEN PUEDE SABER

LO QUE HACE FALTA HACER,

¡QUE SE ACERQUE AL CASTILLO

A DORMIR A ESTE NIÑO!

Un médico barbudo fue el primero en llegar,
y con su medicina prometía curar.

El príncipe los labios apretó con denuedo;
la reina le decía que sabía muy bueno.

El príncipe, negando, se tapó con la manta
y el doctor exclamó: —Mamá quiere probarla.

La reina probó un poco: —Um —dijo— sabe rico,
delicioso me sabe —y se durmió al ratito.

Los miembros de la corte siguieron el ejemplo
y la poción tomaron que les tendió el galeno.

Lamiéndose los labios lo comentaron todos:
—¡Qué sabroso! —dijeron, y durmieron a su modo.

Pero el príncipe no, y viendo que roncaban,
dijo: —¡Cómo duermen! ¡Qué gente más rara!

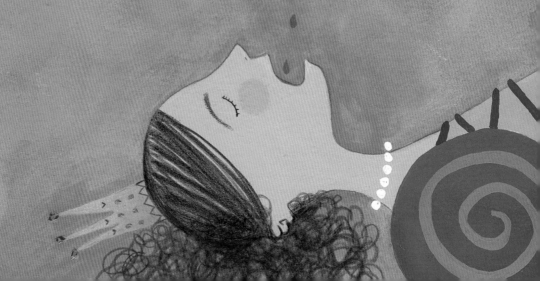

Para ver si así dormía,
	le llevaron bailarines.
—Hasta que se canse,
	danzaremos en los jardines.

Y dada la señal, comienzan a bailar.
Aunque más que bailar, parecían saltar.

Dieron vueltas y más vueltas la noche entera,
y estaban agotadas, la última y la primera.

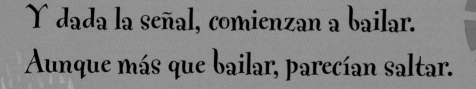

Bailaron por doquier hasta las cuatro y cuarto,
pero el rey se enfadó: —¡Paren ya, que estoy harto!

Gruñendo de cansancio cayeron por el suelo,
y el príncipe observó: —¡Si parecen mi abuelo!

El próximo en llegar al portón del castillo
fue un mago muy vistoso, de gorro y bigotillo.

—Su majestad —pidió—, si me da su permiso,
curaré al que no duerme con mi gran hipnotismo.

—Proceda —dijo el rey bostezando.
—Intentaré unos trucos para ir comenzando.

Movió la mano izquierda, susurró unas palabras,
y unas aves muy bellas surgieron de la nada.

Después aparecieron un gran ramo de rosas,
un conejo, está claro, y un caballo. ¡Qué cosas!

—¡UN CORCEL AQUÍ DENTRO!

—Que se lo lleven, ¡PRESTO!

—¡Guardias! —ordenó el rey—. ¡Con él a la puerta!
—¡No! —gritó el príncipe—. ¡Quiero dar una vuelta!

A la noche siguiente le dieron, cuando se iba acostar,
un regalo: un edredón relleno de plumas de faisán.

—Señor —le dijo el siervo que traía el presente—,
un príncipe no duerme en algo diferente.

—Pruébelo, su merced, es blando como nieve;
muy pronto dormirá, tal vez hasta las nueve.

El príncipe, feliz, se lanzó al edredón,
y puso tanta fuerza que dio un gran reventón.

—¡ACHÍS! —se oyó al rey. —¡ACHÍS! —siguió su esposa.
Y no fue hasta la tarde que limpiaron las cosas.

El príncipe, a carcajadas,
celebró la ocasión;
entre hipidos y risas,
y hasta algún lagrimón.

Noche tras noche de todo intentaron,
pero la confusión crecía y nada lograron.

Ni juegos malabares, ni muecas de bufón:
y en los sabios del reino, gran estupefacción.

Y le cantaron nanas y le dieron pasteles,
pero aquel principito no estaba por las mieles.

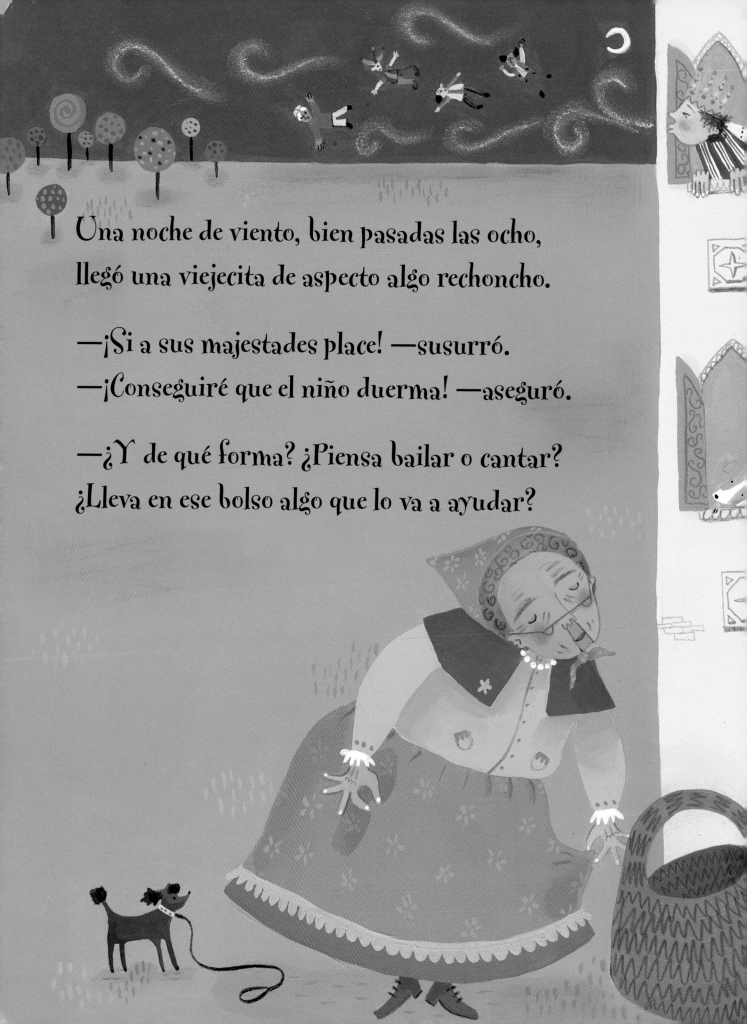

Una noche de viento, bien pasadas las ocho,
llegó una viejecita de aspecto algo rechoncho.

—¡Si a sus majestades place! —susurró.
—¡Conseguiré que el niño duerma! —aseguró.

—¿Y de qué forma? ¿Piensa bailar o cantar?
¿Lleva en ese bolso algo que lo va a ayudar?

—Claro que sé bailar, y adoro las canciones,
pero lo dejaremos para otras ocasiones.

Hurgando en su gran bolso sacó un librito,
y al príncipe le dijo: —¡Es muy bonito!

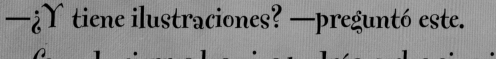

—¿Y tiene ilustraciones? —preguntó este.
—Cuando cierres los ojos podrás verlas si quieres.

Y así lo hizo el principito.
Cerró fuerte los ojos y al ratito…

... dormía como un bendito.